소녀의 행성,
아늑한 우주 정거장

세 번째

책에 삽입 된 모든 그림은
제가 직접 그렸어요.
즐겁게 읽어주세요.
-밤하느리-

소녀의 행성,
아늑한 우주 정거장

밤하느리 지음

SANDBOX
STORY

세 번째

PROLOGUE

안녕하세요? 저는 밤하느리입니다.
각기 다른 매력의 3마리 강아지, 소행우의 엄마예요.
첫째 '소녀'와는 아웅다웅 친구처럼 하루를 보내고요,
'행성이'와 '우주'는 저를 든든한 보호자로 느끼고 있는 것 같아요.
저와 매일을 함께하는 우리 식구,
소행우를 만나보실래요?

첫째 소녀

견종	래브라도 레트리버(대형견)
생년월일	2017년 2월 23일
특징	똑똑한 바보, 말썽쟁이
취미	신상 컬렉션 모으기(주로 장난감, 사람 잠옷과 신발)
내용	소행성의 첫째이자 온갖 말썽의 중심인 사고뭉치 소녀. 똑똑한 걸로는 일등이지만 엉뚱한 모습도 많이 보여준다. 대형 사고를 칠 때도 있지만, 미워하려야 할 수 없는 사랑스런 아이.

둘째 행성

견종	포메라니안(소형견)
생년월일	2017년 10월 25일
특징	조금만 맘에 안 들면 낑낑 말이 많아짐
취미	소녀 약올리기, 소녀 따라다니기
내용	작고 소중한 솜사탕 행성이. 첫째인 소녀와 크기도 몸무게도 약 10배 차이라 행여나 다치진 않을까 걱정되지만 용감하고 강단 있는 성격에 아무도 건들 수 없다. 항상 웃는 입꼬리와 도도한 걸음걸이에 처음 보는 사람들도 행성이의 매력에 푹 빠지고 만다.

셋째 우주

견종	웰시코기(중형견)
생년월일	2018년 12월로 추정, 우리 집에 온 5월 26일을 탄생일로 지정
특징	눈치 없는 말썽쟁이
취미	응가 밟고 다니기(바뀔 거라 기대하고 있음) 공놀이하기 엄마한테 애교 부리기
내용	소중한 계기로 만나게 된 셋째 우주. 처음 집에 왔을 때는 얌전하고 말을 잘 듣는 것 같았지만 빠르게 집에 적응한 후 지치지 않는 체력으로 혼을 쏙 빼놓았다. 우다다다 이유 없이 달리는 걸 보면 항상 기운이 넘쳐흐르나 보다.

내 쉴 곳은 작은 집 내 집뿐이리

8

9

CONTENTS

CONTENTS

PART 3 반려동물과 함께하는 삶

소녀의
행성 이륙

Part

01

유튜버
'밤하느리'가 되다

2017년, 5월쯤이었다. 당시 나는 대학교를 졸업한 뒤 전공을 살려
디자인 회사에 취직했다. 취업의 기쁨도 잠시 허구한 날 밤늦게까지
야근을 하느라 몸도 마음도 많이 지쳐 있었다. 그러다 보니 유튜브에서
지친 사람들을 위로해주거나 밤에 편안히 쉴 수 있도록 유도해주는
ASMR 콘텐츠에 빠져 자주 보곤 했다. 따뜻한 분위기와 소리에 빠져드는
시간이 나에겐 힐링이었다.

구독자로서 여러 채널을 시청하다 문득 '나도 영상을 만들어볼 수 있지
않을까?'란 생각이 들었다. 생각부터 실행까지는 그리 긴 시간이 들지
않았다. 그렇게 무모하면서도 충동적인 마음으로 마이크와 휴대폰만
챙겨 영상을 찍기 시작했다.

다행히 전공 수업 때 영상 편집 관련 프로그램을 배운 적이 있어서
영상을 제작하는 건 비교적 어렵지 않았다. 익숙하기 때문에 무모하게
시작할 수 있었는지도 모른다. 구독자는 많지 않았지만 본격적인
유튜버로서의 활동이 시작되었다.

유튜버 '밤하느리'로 활동하면서 집에 있는 시간이 많아졌다. 자연스레
집에서 여러 가지 TV 프로그램을 시청하게 되었는데, 그때 유독 동물
프로그램에 눈길이 갔다.

처음 시작 할때 장비들

어릴 때 봉팔이란 작은 강아지를 키웠던 적 있었다. 친구가 사정이 생겨 키우지 못하게 되면서 데려온 아이였다. 내가 키우겠노라 선언하고 부모님을 조르고 졸라 봉팔이와 가족이 되었다. 학교 갔다 돌아오면 항상 나를 반겨주던 예쁜 강아지 봉팔이. 부모님께서 내 이름을 "민화야~" 하고 부르면 봉팔이는 "아우우우~" 하며 애닳프게 울 정도로 나를 사랑했었다.

그렇게 우리는 가족이 되어 행복한 시간을 보냈다. 학창 시절 3년 동안 애지중지 키웠는데, 어느 날 돌연사했다. 강아지를 싫어하는 집 주인 할머니가 몰래 약을 먹인 거였다. 17살의 어린 학생이 감당하기에는 너무 충격적인 사건이었다. 봉팔이가 세상을 떠난 다음 날은 학교 체육대회였는데 눈물이 멈추지를 않았다. 울면서 피구를 하고, 울면서 급식실에 가고, 울면서 상을 받았었다. 봉팔이와의 이별로 나는 약 1년 동안 아주 힘든 날들을 보냈다. 시간이 지날수록 봉팔이와 쌓았던 소중한 추억은 점점 더 생생해졌다. 동물들이 나오는 프로그램을 보니 문득 다시 한번 반려견과 행복한 추억을 만들고 싶은 마음이 커졌다.

정적인 콘텐츠인 ASMR 유튜버로 활동하다 보니 강아지와 지내는 것이 쉽지 않을 거란 생각은 들었다. 하지만 어린 시절과 달리 독립해서 살고 있으니 더 좋은 환경에서 반려견을 잘 키울 수 있겠다는 확신이 생겼다. 관심이 확신으로 넘어가자 나는 입양을 위한 공부를 시작했다. 반려동물을 처음 키우는 것처럼 필요한 환경이나 알아야 할 정보들을 미리 조사해 공부부터 하기로 한 것이다.

작디 작은 대형견

곰인형처럼 덩치가 큰 대형견인 레트리버를 키우고 싶었다. 언제나
든든하게 옆을 지켜주는 커다란 친구. 강아지 입양처를 알아보는 건
처음이라 모르는 게 너무 많았다. 알아야 할 것도 너무 많았고. 검색에
검색을 거듭했다. 더 많이 공부하고 데려오고 싶었다. 검색을 통해 입양
전 알아야 할 지식과 아기 강아지를 데려올 때 고려해야 할 것, 입양처에
관한 내용까지 샅샅이 조사했다.
그러다가 한 블로그에서 가정에서 키우는 아이가 새끼를 낳았는데
끝까지 책임지고 키울 사람을 찾는다는 글을 발견했다. 더 재지 않고
바로 연락했다. 새끼를 데려오고 싶다고. 2시간 30분이나 되는 무척 먼
거리였지만 아이를 만난다는 생각에 설렌 마음으로 찾아갔다. 그곳에서
만나게 된 아이가 바로 '소녀'였다.

멀뚱멀뚱 뚱하게 앉아 있는 자그마한 아이. 유난히 눈에 들어오는 아이를
품에 안아들고 집으로 출발했다. 집으로 가는 길은 차가 막혀 3시간
가까이 걸렸다. 오랜 시간 차를 타고 이동하느라 혹시 답답하진 않을지,
오줌이 마렵지는 않을지 걱정되어 휴게소에 자주 들렀다.
산책하는 법도 모르는 소녀는 멀뚱멀뚱 길에 앉아 나를 바라봤다.
그러더니 철푸덕 누워 그대로 잠들어버렸다. 아기 강아지는 잠이
많다더니. 그게 나와 소녀가 만난 첫날의 일이었다.
집으로 돌아와서는 새로운 공간에 적응하느라 행동도 조심조심,
엄마를 찾는 듯 낑낑댔지만 그것도 잠시였다. 멀뚱멀뚱 순하디 순한
아기 강아지는 곤히 잠이 들었다.
그러나 그 순함도 오래가진 않았으니. 활발하고 호기심 많은 소녀는
곧 사고를 치기 시작했다. 무엇이든 물어뜯고 무엇이든 궁금해했다.
신나게 산책하고, 잠을 잘 때는 기절한 것처럼 제대로 잤다. 창밖 구경을
좋아하는 이 작은 강아지는 대형견답게 하루가 다르도록 쑥쑥 자랐다.
그렇게 소녀와 나는 가족이 되었다.

휴게소에 들러
잠시 차에서 내린
아기 소녀는

철퍼덕
눕더니

그대로 잠들어
버렸다….

순둥순둥하여
산책도 못하던
아이가

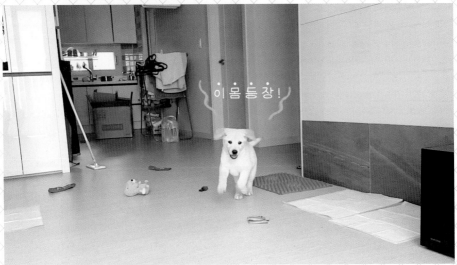

이 몸 등장!

어느 순간
돌변하더니 사고를
치기 시작했다.
눈빛에서 느껴지는
마견의 오라!

아기 강아지의 에너지가 너무
무서워 임시로 벙커 울타리를
만들었다. 하지만 이 종이 벙커는
금방 뚫리고 말았다. 어리다고
얕보면 곤란하다.

항상 무언가를
쉼 없이 물어
뜯었다.

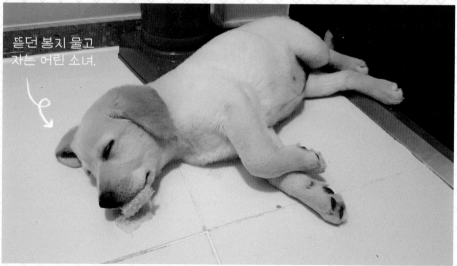

뜯던 봉지 물고
자는 어린 소녀.

25

베란다 문을
열어두면 올라와서
창밖을 보고는 했다.

역시 대형견!
하루하루가
다르게 자랐다.

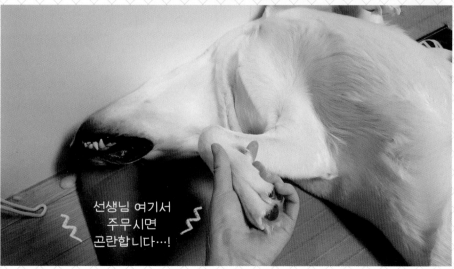

유튜브
'소녀의 행성' 시작

사실 처음 소녀를 데려왔을 때는 강아지 유튜버가 되리라곤 생각하지
못했다. 그저 평생을 함께할 소중한 아이를 만나 하루하루 행복한 추억을
만들고 싶었을 뿐. 유튜브에는 이전에 해오던 것처럼 ASMR 영상을
업로드할 계획이었다.

가끔 ASMR 채널에 'NON ASMR'이란 제목으로 일상 영상들을
올리기도 했는데(지금으로 치자면 브이로그 같은 것) 일상을 공유한다는
가벼운 마음으로 소녀의 영상을 찍었다. 내 일상의 일부로 소녀가 영상에
처음 등장한 것이다. 본격적으로 소녀 영상을 찍기 시작 했던 건 소녀가
약 4개월쯤 되었을 때였다. 소녀는 자라날수록 엉뚱하고 사랑스러운
행동을 하기 시작했다.

나만 보기 아까운 귀여운 모습에 참을 수 없는 욕구가 끓어올랐다.
귀여운 내 새끼를 남들에게 마구마구 자랑하고 싶어졌다. ASMR
유튜버로서 영상을 꾸준히 제작해온 만큼 큰 부담 없이 새로운 채널을
열 수 있었다. 우주, 행성, 밤하늘 같은 걸 좋아하는 내가 내 닉네임을
'밤하느리'로 지었던 것처럼 내가 좋아하는 행성과 소녀를 더해
'소녀의 행성'이란 이름으로 채널을 만들었다. 그렇게 기존에 해오던
ASMR 영상은 꾸준히 제작하면서, '소녀의 행성' 채널에 소녀와의
추억을 사진첩처럼 담기 시작했다. 놀랍게도 많은 사람들이 소녀를
이뻐해주었다.

물론 처음부터 인기가 많았던 건 아니었다. 첫 영상을 올렸을 땐
조회수가 20~50회 정도로 미미했다. 댓글은 1개가 달릴까 말까였고.
소소한 조회수에 굴하지 않고 꾸준히 영상을 만들며 5개월 정도 펫
유튜버로서 활동하다 보니 점차 늘어난 구독자가 7만 명에 이르렀다.
행성이를 데려오고 나서부터는 하루에 2천~3천 명씩 구독자가 올랐다.

그러더니 펫튜버로 시작한 지 약 7개월 만에 20만 명이라는 구독자가
생겼다. 그리고 4년 정도가 지난 지금 '소녀의 행성' 채널의 구독
버튼을 누른 사람은 99만 명. 이렇게 많은 사람들이 소녀, 행성, 우주를
사랑해준다는 것이 지금도 못내 놀랍고, 구독자분들에게는 늘! 항상!
감사한 마음만 가득하다.

조금 아쉬운 점은 소녀의 아주 어릴 적 모습을 많이 담지 못한 것. 소녀를
데려올 때는 유튜브 생각을 하고 있지 않아서, 입양한 순간부터 촬영할
생각을 하지 못했다.

아기 강아지 소녀는 집에 빠르게 적응하면서 사고도 많이 치기 시작했다.
그 덕에 조용한 환경에서 제작해야 하는 ASMR 영상에 집중하기가 점점
어려워졌다. 그즈음 '밤하느리 ASMR'과 '소녀의 행성' 채널을 병행하기
힘들어졌다. 설상가상 이어폰을 꽂고 장시간 작업한 탓에 귀에 통증이
오기 시작해 차츰 ASMR 활동을 줄이고 '소녀의 행성' 비중을 높일 수
밖에 없었다. 어쩌면 소녀가 말썽쟁이가 아니었더라면 '소녀의 행성'이란
채널은 나오지 않았을 것 같다. 말썽을 많이 부려 힘들었던 기억도
많지만 그것의 배로 사랑스러운 소녀다.

'밤하느리 ASMR'은 활동을 하지 않았는데도 구독자 20만 명을
달성하였다. 아마 꾸준히 했다면 더욱 잘되지 않았을까 하는 아쉬움은
있다.

행성이 뇌는 호두만 할까?

아니야, 더 작은 조랭이떡만 할꺼야.

솜사탕 아니에요?

동물 병원에서
만난 애교 많은
포메라니안,
네모.

소녀를 입양하고 가장 먼저 해야 할 일이 있었으니, 바로 예방접종이다.
아기 강아지는 엄마 개로부터 떨어지면서 면역력이 약해지기 때문에
따로 접종을 해서 아이의 항체를 생성해 주어야 한다. 소녀를 처음
만나러 갔던 날, 소녀의 부모 견주분이 주사기와 접종해야 할 백신까지
챙겨주었지만 겁 많은 나는 직접 접종할 엄두가 나지 않아 동물병원을
다니기로 했다.

근처 동물병원에 들어서자 얼룩무늬가 매력적인 작은 포메라니안
아이가 반갑게 반겨주었다. 그 아이의 이름은 '네모'! 발랄한 성격으로
여기저기 활보하는 모습이 정말 사랑스러운 병원의 마스코트였다.
네모의 견주는 소녀를 진찰해주시는 병원 원장님! 주기적으로 원장님께
진찰을 받게 되면서 네모에 대한 이런저런 이야기를 들을 수 있었다.
네모를 입양하게 된 사연도 들었는데, 네모 엄마가 원장님 병원에서
진료를 받던 개라고 한다. 네모 엄마를 진찰하면서 너무 이뻐했던
원장님은 견주분을 통해서 네모를 입양 받았다고.
나도 네모를 보면서 애교가 많은 포메라니안에 관심이 커졌다.
원장님으로부터 처음으로 '브리더 입양 방식'이 있다는 것을 들었다.
브리더는 전문적으로 훈련, 교배하는 직업을 뜻한다. 네모를 맞이하기
전부터 원장님이 눈여겨보고 있었다는 브리더 한 분을 추천받았다.
당시에는 브리더가 마냥 생소하기만 했다. 인터넷으로 검색하고
공부하면서 브리더를 알아갔다. 그리고 소개받은 브리더분이 단순
교배를 위한 브리더가 아니라 자부심을 갖고 아이들을 키우는 분이란 걸
알게 되었다. 직접 아이들이 지내는 환경을 보여주기도 했다.
거기에는 '마로'란 이름의 털이 늠름한 아빠 포메라니안이 있었는데
마로는 여러 도그쇼에서 큰 상도 받았고 해외 브리더들 사이에서도 꽤나
유명한 아이였다. 소녀를 처음 만났을 때처럼, 입양을 위해 직접 마로
가족을 만나러 갔다. 거기서 꼬물거리는 작고 소중한 하얀 아기를 만나게
되었다. 소녀도 아주 작은 아기 때 만났지만, 이 하얀 아기의 체구는 말
그대로 충격적이었다.
새하얀 솜사탕이 통통 걸어다니는 것 같았다. 손바닥만 한 쪼끄만 아이.
행여 다칠까 무서워서 만지지도 못할 정도였다. 그렇게 만난 아이의

이름은 '행성이'로 지었다. 집으로 돌아갈 때도 조심조심, 품에 소중히
안고 갔다.

집에 있던 소녀도 행성이를 보고 조심스럽게 행동했다. 멀찍이
거리를 두고 냄새를 맡고 행성이가 조금만 움직여도 움찔하며 겁을
내었다. 그러다가 갑자기 행성이를 보고 짖었다. 작은 강아지라
조심스러우면서도 우리 집에 침입했다고 생각해 혼란스러운듯했다.
처음에는 아이들의 덩치가 워낙 차이 나다 보니 방 한 켠에 따로 펜스를
치고 행성이만의 공간을 만들었다. 그때도 소녀는 멀리서 신기하다는 듯
지켜보았다. 행성이는 소녀를 보고 낑낑대고. 둘의 어릴 때를 비교해보면
정말 정반대다. 소녀는 따로 소리를 내진 않았지만 사고를 많이 쳤고,
반대로 행성이는 조금만 불편해도 바로 낑낑 울며 나를 찾았다. 몸이
워낙 작아서인지 어떤 사고를 쳐도 티가 안 났다. 그렇게 행성이도 우리
집에 안전히 착륙했다.

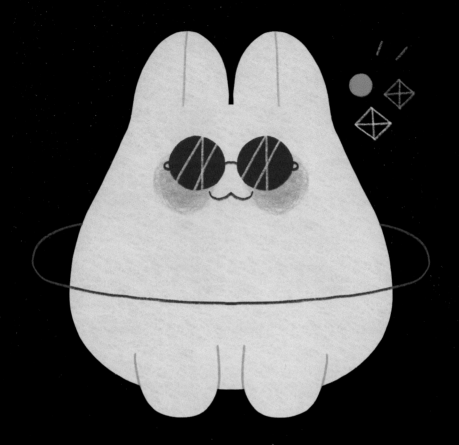

행성이의 행성

새하얀
솜사탕이
통통통.

집에 오자마자
코 박고 사료 먹는
행성이.

행성이가
궁금한 소녀.

한잔 하실래요?

행성이의 성장과정

미니 파우치에 들어갈
정도로 작은 아기 행성이.
몸무게가 1kg도 안 됐던
걸로 기억한다.

몸집이
우리 집에
굴러다니는
먼지만 했다.

소녀랑
비교하니
더더욱 먼지
같은 행성이.

행성이 역시 집에
처음 왔을 땐
순둥순둥했다.

눕혀도
가만히 있던
아기 행성.

역시 내숭에
불과했다.
집에 적응 완료.
소녀처럼 양말을
물고 다니기
시작했다.

으아앙,
다 물어버릴 거야!

소녀 언니를
처음엔
무서워했는데

생각보다 소녀가
만만해 보였는지
대드는 모습이다.

45

장갑을 물고 서로
내 거라며
아웅다웅 싸우는
모습이다.
배경을 보니
집안이 작살났다.

행성이의
용맹함에
당황한
대형견 소녀.

방석을 항상 바꿔서 잤다.
아직 자기가 다 커버린지
모르는 대형견,
자기가 매우 큰 사모예드인 줄
아는 포메라니안.

47

나는 나중에 커서
짱짱쎈 사모예드가 될꺼야

겁 없던 먼지,
너구리로 자라다

겁이 없던 요 먼지 같은 행성이는 그렇게 너구리로 성장하였다. 위
사진은 약 4개월 차 되던 사진인데 눈물 자국이 한참 많던 시기다.
수의사 님에게 여쭤보니 포메는 몸에서 열이 나면 눈물이 난다고 했다.
소녀랑 아웅다웅 열심히 놀아서 땀이 눈물로 난 것 같다. 소녀는 어린
행성이를 많이 돌봐주었다. 엎드려서 눈을 맞추고 놀아주곤 했다.

이렇게 애틋한 자매,
본 적 있나요?

항상 행성이에게
시선을 맞춰
엎드려주는 소녀.

봉대를
한 모습.

언젠가 행성이가
침대에서 떨어져 다리를
다친 적이 있었다.

혹여 다친 다리에
무리가 갈까
소녀랑 격리하며
지냈다.

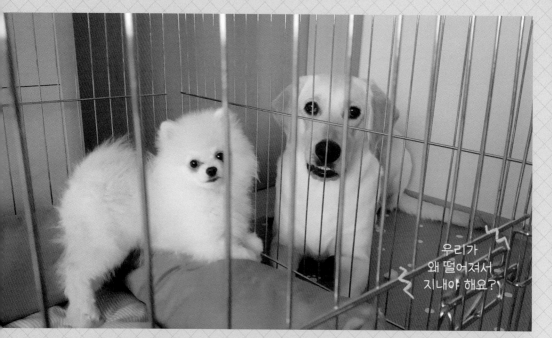

우리가
왜 떨어져서
지내야 해요?

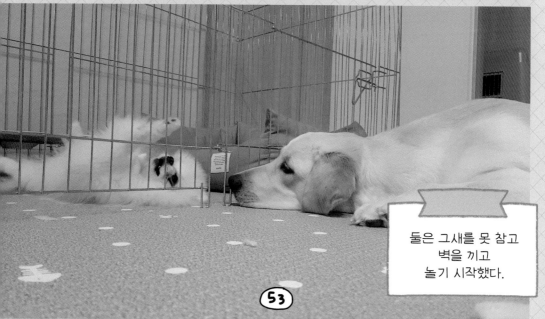

둘은 그새를 못 참고
벽을 끼고
놀기 시작했다.

병원에서
붕대를 갈고
집으로 왔다.

붕대를
야무지게
풀어헤치던
행성이.

54

매우 불편했나 보다.
다행히 다리는
잘 나았다.

우리 집에
잘 적응해준 행성이.
그런 행성이를
잘 돌봐줬던
장녀 소녀.

작은 이글루가 전부이던 아이

'소녀의 행성'으로 활동하면서 많은 인연이 찾아왔다. 우선 늘 세심히
진찰을 봐주시는 병원 원장님, 자주 가는 애견 운동장에서 만나는 분들과
그곳의 훈련사분들. 그뿐 아니라 소녀와 행성이를 데리고 다니면서
감사하고 소중한 사람들과 자주 마주친다.
여행을 다니면서는 영상 잘 보고 있다고 마음을 전하는 구독자분들을 많이
만났다. 소행우와의 행복을 기원하고 응원해주는 사람들을 만날 때마다
감사함에 벅차오른다. 그러면서 아이러니하게도, 좋은 주인을 만나 행복한
강아지도 많지만 반대로 주인을 잃거나 버림받은 강아지, 불행한 환경에
놓인 강아지들 역시 많다는 걸 떠올리게 됐다.

유튜브와 SNS에서 즐거운 일상을 보내는 아이들을 볼 때도 마음 한
켠은 무거울 수밖에 없었다. 강아지를 키우는 한 사람으로서도 그랬지만,
아무래도 즐겁고 행복한 모습만을 영상에 담는 유튜버이기에 더욱 그런
괴리감이 느껴졌다. 내가 할 수 있는 일은 없을까? 종종 생각하게 되었다.
그러다가 강아지를 도울 수 있는 여러 봉사활동 중 임시 보호가 있다는
걸 알았다. 임시 보호는 현재 위험한 환경에 있거나 유기된 아이가
새로운 견주의 품으로 가기 전까지 맡아 돌보며 보호해주는 활동이다.
워낙 여행도 많이 다니며 다른 강아지들과 잘 지내는 소녀와 행성이를
보고 임시 보호를 하면 어떨까 생각했다. (물론 임시 보호는 아이들이
서로 잘 안 맞거나 불편해할 수 있으니 이미 강아지를 키우고 있는
환경보다는 보호견에게만 집중할 수 있는 환경이 더 낫다.)
도울 수 있는 아이가 있을까 싶어 SNS를 살피던 중 한 아이가 눈에
띄었다. 사람만 보면 펄쩍펄쩍 뛰고 해맑게 웃는 아이. 하지만 길가
전봇대에 1m도 안 되는 줄에 묶여 방치된 어린 웰시코기였다.
이글루 모양의 작은 집이 세상의 전부였다. 아직 다 크지 않은 아이인데
어떻게 그렇게 됐는지 구조자분께 연락해 보니 사정은 이랬다. 서울에
사는 누군가가 어린 강아지를 데리고 와 키우다 어느 정도 몸집이
커지면서 시골에 있는 부모님에게 강아지를 보냈고, 강아지를 키울
생각이 없던 부모님은 집 건너편에 아이를 두고 밥과 물만 주는
상황이었다. 당시 구조자분이 알아보니 이런 적이 이전에도 있었고
이전에 키우던 아이는 동네 개장수에게 팔았다고 한다. 구조자분은
견주를 찾아가 아이를 데려가고 싶다며 설득하였고 견주도 사실 마음이
불편했다며 차라리 좋은 주인을 만나는 게 좋을 것 같다고 구조를 허락한
상황이었다. 그런 사연을 뒤로하고 하루빨리 아이가 임시로라도 편안히

쉴 곳이 필요하다고 판단해 글을 올린 것이었다.

임시 보호 공고와 사진을 보며 우리가 도울 수 있지 않을까 고민하다가
연락을 했고, 구조자분은 아이가 잘 지낼 수 있는 환경인지 꼼꼼히
질문한 뒤에 임시보호를 허락했다.

그렇게 4시간 거리의 먼 길을 가 새로운 강아지를 만나게 되었다.
그리고 임시로 보호하려던 이 강아지는 머지않아 우리의 가족이 되었다.
처음 이 아이는 '꽃순이'란 이름을 가지고 있었는데, 사실 만나러 가기
전까지는 이름도 성별도 몰랐다.

그렇게 집으로 데려온 아이는 마당에서부터 천천히 우리 집을
둘러보고 적응하기 시작했다. 우리는 이 아이에게 '우주'라는 이름도
새로 지어주었다. 원래는 새로운 주인을 찾을 때까지 보호하고 입양을
보내주려고 했지만, 우주의 매력에 푹 빠져 우리 집으로의 입양을
결정했다. 임시 보호를 하는 동안 정도 많이 들었고 소녀, 행성이와
다르게 애교가 유독 많은 데다가 짠한 마음이 들어 더욱 우주에게 마음이
간 것 같다. 그렇게 해서 우주도 소녀의 행성에 녹아들었다.

우주의 시

i'gloo me

igloo me (I'm Gloomy)

조금만 덜 짖을 걸
조금만 덜 장난칠 걸
무더운 날씨와 다르게
어둑어둑한 내 이글루

목이 마른 것도
목줄이 둘러진 것도
내가 눈치가 없어서인 것 같아

그래도 난 네가 좋아
마지막까지 날 위해 준 이 집이 좋아
내가 다치지 않게 묶어둔 이 줄이 좋아

하지만 무더운 낮이 가고 밤이 오면
낯설고 무서운 어둠이 나를 뒤덮을 때면
너로 인해 행복했던 만큼 우울한 내가 있어

조금만 더 이뻐해 줘
조금만 더 바라봐 줘
늘 웃고 있는 표정과 다르게
어둑어둑한 나와 이글루

우주의 적응기

처음 우리 집에
왔을 때 소녀를
무서워하던 우주.

소녀가 생각보다
잘 놀아주자

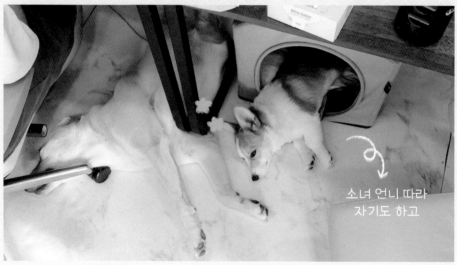

소녀 언니 따라
자기도 하고

소녀에게
뽀뽀를
하기도 했다.

우주랑
잘 놀아주는
인자한 언니.

행성이랑도
잘 어울렸다.

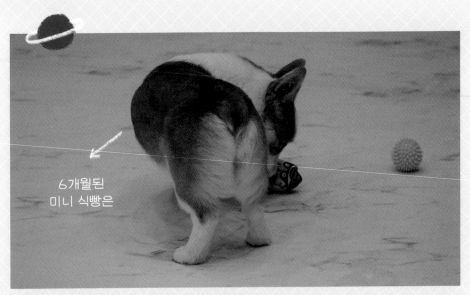

6개월된
미니 식빵은

행성이한테
머리채를 잡히곤
했었다.

소녀 머리채도
잡는 짱짱 쎈
포메 행성이.

나뭇가지
물고 다니는
소녀.

우주에게
나쁜 짓을
알려주고 있다.

우주도 소녀의
행동을 똑같이
따라한다.

귀엽다고
강아지를 입양하지 마세요

귀여운 동물들의 모습과 행동을 보면 누구나 키우고 싶다는 생각이 들기
마련이다. 그러나 한 아이의 생명을 끝까지 책임진다는 것은 쉽지 않으며
그 무게 또한 무겁다. 실제로 인터넷에선 아이를 어느 정도 키우다가
사정이 생겨 책임지고 키울 사람을 찾는다는 글이 생각보다 많다.
누구나 사정이 있겠지만 주인만을 바라보는 동물들 입장에선 난데 없는
재난이다. 이유도 모르고 버려지는 것과 다를 바가 없다.
주인이 바뀌면 적응할 시간도 필요하니 입양을 생각한다면 신중하게
고려했으면 좋겠다. 아이에게 쏟아야 하는 시간은 생각보다 많다.
주기적으로 접종과 관리도 해줘야 하고 산책은 필수이다. (산책을 꾸준히
하지 않으면 문제견이 될 확률이 높다.) 나이가 들어 병이 생기거나
약해졌을 때 끝까지 옆에서 지켜주길 바라는 마음에서 글을 쓴다. 당연한
이야기이지만 단순히 귀여움에 이끌려 키우지 말고 아이에게 드는
비용과 여러 가지 여건을 고려해서 신중하게 결정했으면 한다.
아무리 생각해도 강아지가 나와 맞는지 잘 모르겠다면 백문이 불여일견.
임시 보호를 필요로 하는 유기견을 데리고 와 일시적으로 보살피면서
강아지에 대해 알아가는 것도 좋다고 생각한다. 적어도 나중에 막상
키워보니 힘들다며 유기하는 것보단 임시 보호라는 봉사활동을 하는
것이 훨씬 유익하다는 생각이 든다.

이름의 의미

소녀의 행성을 처음으로 본 구독자분들도 그렇고 아이들을 데리고 나갈
때면 만나는 분들도 아이들의 이름이 특이하다고 많이 이야기한다.
특이한 이름 때문에 알아보는 분들도 꽤 있는 것 같다. 유튜브에서는
어쩌다 이름을 소녀로 짓게 되었는지, 이후 행성이와 우주의 이름은
어떻게 짓게 됐는지 정말 질문이 많았다. 이쯤에서 아이들 이름의 의미를
설명하면 좋을 것 같다.

먼저 첫째 소녀의 이름 사연부터. 이야기는 내가 대학에 다니던 시절로
돌아간다. 방학 기간에 과 선배의 부탁으로 고양이를 잠시 맡아 돌봐준
적이 있다. 그 고양이의 이름이 '소녀'였다. 굉장히 특이하고 예쁜
이름이라 기억에 남았고, 또 예쁜 이름이라 마음에 들었다. 그리고
시간이 흘러 소녀를 만나 이름을 고민할 때, 정말 예쁜 이름을 붙여주고
싶어 고민을 하다 그 고양이 소녀가 떠올랐다. 다른 아이 이름을 따라
써도 되나 싶어 선배에게 "우리 강아지 이름 소녀라고 지어도 돼?" 하고
허락까지 받았다. 그렇게 짓고 나니 대형견인데다가 사고를 많이 치는,
소녀라는 이름과는 상반되는 모습이 많이 보여 그 아이러니한 이미지가
소녀를 더 귀엽게 만드는 거 같다.

다음으로 행성이의 이름. 사실 행성이 이름은 굉장히 빨리 지었다.
유튜브 채널 이름이 '소녀의 행성'이기에 고민 없이 행성으로 짓게
된 것이다. 몸집이 작다는 뉘앙스를 가진 소녀라는 이름과 상반되는
대형견, 행성이라는 거대한 이름과 상반되는 소형견. 곱씹을수록 재밌는
이름이라고 생각한다.

임시 보호를 하게 되었다가 셋째가 된 우주의 이름은 나의 염원을 담은
이름이다. 어린 나이에 1m 남짓한 목줄에 묶여, 에너지가 넘치는데도
작은 이글루 집만이 세상의 전부였던 아이인지라 우주처럼 넓은
세상에서 마음껏 다양한 것을 해보고 행복했으면 하는 바람으로 지은
이름이다. 이때 재밌었던 구독자 의견으로는 '소녀의 행성'의 채널에
소녀, 행성이가 있으니 셋째는 '의'로 짓는 건 어떠냐는 귀여운 댓글도
있었다.

다견 가정의 나날

하나에서 둘로, 그리고 셋으로 아이들이 늘다 보니 하루하루가 조용할
날이 없다. 사고를 치거나 어지르는 건 당연한 것이고 그 많은 장난감을
두고 굳이 하나를 가지고 서로 뺐겠다며 티격태격하는 모습을 보면 다견
가정은 쉬운 일이 아닌 걸 다시 한번 느낀다.

양보하는 자와 승리하는 자

셋이서 장난감
하나를 가지고
놀고 있다.

다견 가정의 장점 중 하나. 내가 놀아주지 않아도 자기네들끼리 잘 논다.
하지만 다견 가정이라고 다 사이가 좋은 것은 아니기에 만약 둘째 입양
계획이 있다면 첫째의 성격을 잘 고려해야 한다.

대형견인 소녀는
적당히 힘 조절을 하며
놀아준다.

이 싸움의
승자는
포메 행성이.

서로에게
적응할 시간이 필요해

각자의 체격과 성향이 다르므로 다견 가정은 서로 적응할 시간이
필요하다. 특히 우주는 어느 정도 자라서 왔기에 소녀와 행성이가 있는
곳에서 새로 적응해 살아야 하니 더욱 그러했다. 배변 패드에 볼일을
보는 것, 아이들과 어울리는 것에 시간이 몇 개월 필요했다. 다행히
애교도 많고 영리한 우주라서 그런지 소행성에 잘 적응해 주었다.

즐거운
간식 시간!

우주 간식 실종 사건

우주는 메추리
2마리 중 하나를
집어서

식사 자리인
방석으로 간다.

다 먹으면 남은
한 마리를 가지러
오는 게 우주의 루틴.

그 모습을
보고 있던
소녀.

장발장 소녀는
우주의 메추리를
훔치기로 했다.

눈치챈 우주가
막아보지만
어림도 없지.

사라진 메추리에
망연자실한
우주였다.

이토록
사랑스러운 강아지라니

아이들이 뛰노는 모습과 자기들끼리 아웅다웅하는 모습, 그리고 나에게
다가와 눈을 마주치고 애교를 피우는 모습을 볼 때면 '어떻게 이렇게
사랑스럽지?' 하는 생각이 든다. 반려동물과 함께하는 것은 아이를 키우는
것과 같다고 생각한다. 항상 아이를 케어 해야 하고 함께하며 좋은 추억과
나날들을 공유하며 시간을 쌓는 것이다. 무조건적인 사랑을 줄 수 있는
반려동물은 단순히 기르는 동물이 아닌 함께 살아가는 가족이다.

배변 훈련하기

집안에서 아이들과 함께 살아갈 때 필수인 배변 훈련! 실내 배변은
아이들이 배변 패드를 인식하고 그곳에서 용변을 보는 것인데 어릴 때
훈련을 시킨다면 금방 익힌다. 성견일 경우에도 꾸준한 훈련을 하면
금방 아이가 따라서 배운다. 나의 경우 소행우 모두 배변 훈련을 시켰다.
마당에서 실외 배변을 할 수 있지만 일반적으로 실내에 있는 시간이 더
길기에 훈련은 필수다.

우선 아이가 배변 패드에 대해 좋은 기분을 가질 수 있도록 배변 패드
위에 간식을 준다. 배변 패드에 서 있거나 앉을 때 칭찬을 하며 간식을
주고 그곳에 좋은 기억을 만드는 것이 첫 과정이다. 그 후 배변 패드에서
용변을 봤을 경우 그 즉시 칭찬을 하며 보상으로 간식을 준다. (이때
간식을 평소보다 많이 줄수록 효과가 있다.)

이 과정을 여러 번 반복하면 아이들이 금방 실내 배변을 잘하게 된다.
우리 아이들 모두 배변 훈련이 좋았는지 우주는 그 이후에도 패드 위에서
자기까지 한다. 행성이도 새로운 패드를 깔아주면 그곳에 엎드려서 나를
가만히 지켜보곤 하는데 그 모습이 무척 귀엽다.

체격 차이

소, 중, 대형견을 한 마리씩 키우다 보니 아이들의 체격에 차이가 있다.
영상에서도 느껴지지만 실제로 보면 차이가 더 크다. 몸무게로만 따져도
행성이는 약 3kg, 우주는 12kg, 소녀는 30kg이고 크기도 그에 비례한다.
아이들이 각자 체격이 달라도 아웅다웅 잘 지내는 모습이 너무 귀엽고
작지만 용맹한 모습, 크지만 귀여운 모습들이 사랑스럽다.

호모 사피 행성 → 호모 사피 우주 → 호모 사피 소녀 → 인간

인간의 진화

중성화 수술을 꼭 해야 할까?

강아지는 사람들과 달리 폐경기가 없다. 그러므로 노령이 된 강아지들이 중성화 수술을 하지 않으면 계속해서 생리를 하기 때문에 이후 생명에 위협이 될 수 있다. 수컷의 경우 전립선암, 암컷의 경우 자궁축농증 등 생식기 질환에 걸릴 확률이 높아진다. 반려동물과 함께 건강한 나날들을 보내기 위해선 불가피한 수술이다. 수술을 하기 앞서 혈액검사를 하고 아이가 수술하기 좋은 컨디션인지 확인 후 날짜를 잡는다. 수술 전날은 사람이 수술하는 것과 마찬가지로 금식을 하고 수술을 진행한다. 무사히 수술을 마친 뒤에는 일주일 정도 시간이 지나 실밥을 제거한다.

소행우의
계절

Part

02

아파트에
사는 강아지

아파트에서 강아지를 키우기란 쉽지 않았다. 더구나 소녀는 대형견이기
때문에 활동량이 높아서 매일 산책을 하지 않으면 '우다다다' 하며 온
집안을 뛰어다니기 일쑤였다.

다행히 집 앞에 공원이 있어 매일 아침저녁으로 나가서 산책을 시켜주고
놀아주며 소녀를 케어했다. 강아지가 짖는 소리로 민원이 생기진 않을까
조심스럽기도 했고 엘리베이터를 탈 때면 매번 긴장됐다. 혹시나 이웃에
피해가 가지 않을까 늘 조심스러웠다. 대형견을 아파트에서 키우는
사람이라면 공감할 것이다.

층간소음
어떻게 줄이지?

강아지를 키우면서 집 바닥 전체에 회색 매트를 깔았다. 소녀가
뛰어다니는 소리가 혹시 아랫집에 피해를 줄까 걱정되기도 했지만 일반
아파트 바닥은 아이들에게 미끄럽기 때문에 관절(슬개골)에 문제를 줄
수 있으니 미끄럼 방지를 위해서도 필수적인 일이었다.

다행히 사는 동안에는 민원이 들어오지 않았다. 또 소녀는 자기가 뭔가
필요로 할 때(장난감으로 놀아달라거나 간식을 달라고 할 때) 외에는 잘
짖지 않는 편이었다. 그 점은 정말 다행스럽게 생각한다. 아이들 때문에
혹여라도 이웃에 피해가 갈까 봐 늘 조심스러웠다. 그러다 보니 다세대가
사는 아파트에 비해 아이들이 마음껏 뛰어놀 수 있는 자유로운 주택의
삶을 꿈꾸게 되었다.

사료 양보해주는 큰언니

욕심 많은
행성이.

잘 먹고 있던
소녀 밥을 뺏어
먹는다.

비켜주는 소녀
표정을 보니
억울하다.

그래도 옆에서
잘 먹는지 지켜보는 소녀.
이럴 땐 리트리버가
천사견이 맞구나 싶다.

태어나서 처음 수영하던 날

물트리버라고 불릴 만큼 물을 좋아하는 리트리버의 특성답게 소녀는
수영하는 걸 정말 좋아한다. 행성이 또한 어릴 때부터 소녀랑 함께
지내고 수영장을 자주 갔더니 더운 날이면 바로 '풍덩' 하고 물에
들어가서 자기가 원하는 만큼 수영을 하고 돌아온다. (행성이는 더울
때만 수영한다.)
반면에 우주는 어릴 때 많은 것을 경험해 보지 못했을 거라는 생각이
들었다. 우주의 첫 수영을 위해 우리는 다 같이 애견 운동장으로 향했다.
처음 물을 만나면 무서워할 수 있기 때문에 구명조끼를 입히고 얕은
물에서부터 서서히 물과 친해지는 연습을 했다.
우주도 처음엔 무서워하는 듯했으나 소녀와 행성이가 편하게 헤엄을 치는
것을 보더니 곧잘 따라서 수영을 하게 되었다. 짧은 다리로 발차기를 하며
둥둥 떠다니는 우주의 모습은 나를 행복하게 만들었다. 첫 수영 이후로
우주는 수영 천재가 되어 여름만 되면 신나게 물놀이를 한다.

능숙하게 수영하는
소녀와 행성 그리고
구명조끼를 입고 천천히
물과 친해지는 우주.

물놀이는 이렇게 하는 거야!

평화롭게 헤엄치던
소녀와 우주.
장난감에 욕심난 소녀가 옆에
있던 우주를 밀고 말았다.

그대로 꼬르륵 가라앉는 우주.
구명조끼도 입고 있었는데…
소녀야, 얼마나
세게 민 거야…?

보너스 :
보는 사람을 행복하게 만드는
우주의 헤엄치는 궁둥이.

집에
마당이 생기면 어떨까?

아이들이 뛰노는 모습을 보면서 새로운 꿈을 꾸게 되었다. 바로 마당이 있는 주택 집으로 이사를 가는 것. 아파트에서 아이들을 키우다 보니 실내에서는 행동반경에 제한이 있기도 했고, 더 자유롭게 움직일 수 있는 집이 좋을 것 같았다. 물론 마당이 있어도 따로 산책을 해야 하는 건 마찬가지고 애견 운동장과 수영장도 다녀야 하지만 말이다. 이런 생각이 들고 나서부터 평소에도 아이들이 편하게 뛰어놀 수 있는 주택을 알아보기 시작했다.

마당 있는 집에서 산다는 건 나에게도 로망이었지만 아이들을 위한 집이기에 최대한 반려견에 최적화된 집을 찾기 시작했다. 아이들이 맘껏 뛰어놀 수 있게 집이 작더라도 마당이 평평하고 넓은 집, 울타리가 있거나 어느 정도 이웃집과 거리가 있어서 이웃 주민도 나도 불편함이 없는 집을 우선으로 찾았다. 꽤 시간이 걸렸지만 나와 아이들에게 딱 좋은 집을 발견했다!

주택으로 이사 가자

이사할 집은 마당이 있는 2층 집이었다. 드넓게 펼쳐진 100평가량의 넓은 잔디 마당은, 이제껏 본 적이 없다 싶을 정도로 정말 좋은 마당이었다. 아이들을 위해 이사하는 만큼 제일 중요한 부분인 마당 조건이 딱 들어맞자, 고민할 것도 없이 이사를 결정했다. 이전에 이 집에 살았던 사람도 강아지를 키웠기에 마당 주변에는 초록색 그물망 울타리가 쳐 있기는 했다. 하지만 그런 그물망으로는 작은 행성이와 큰 소녀가 탈출할 위험이 있어 제대로 된 울타리를 치기로 했다.
드디어 아이들을 위한 마당 있는 새 집으로 이사를 하던 날. 새로운 곳에 도착한 소녀와 행성이는 마당을 마구 둘러보며 탐험을 하기 바빴다.

아이들을 위한 준비 - 울타리

처음 이사 왔을 때 쳐 있던 초록색 그물망은 너무 불안했다. 몸집이 작은
행성이가 빠져나갈 위험도 있었고, 커다랗고 힘이 센 소녀라면 쉽게
탈출할 수 있을 것처럼 보였다. 울타리를 보수하기 전 불안해서 행성이는
하네스를 했다. 마당이 너무 좋은 소녀는 사진으로 포착이 불가능할
정도로 이리 뛰고 저리 뛰고 신나게 마당을 누볐다.
직접 울타리 재료를 구매해서 마당 전체에 빈틈없게 설치한 결과
재료비만 약 200만 원이 들었다. 적지 않은 금액이지만 아이들을 마당에
안전하게 둘 수 있어서 행복한 지출이었다. 소녀랑 행성이도 마음에
드는지 해맑게 웃으며 마당 곳곳을 누비며 하루를 보냈다.

든든한
울타리.

새 집이 마음에 드시나요?

이사 온 후 거실이 제법 부산스러웠다. 아이들을 위해 바닥을 전체 새로
까는데, 인테리어도 생각해 고심해서 골랐다. 하얀 대리석 모양의 미끄럼
방지 매트. 그와 어울리는 인테리어도 소소하게 했다.
한결 깨끗해진 집안 내부. 미끄러지지 않고 신나게 뛰는 걸 보니
흐뭇. 무엇보다 이제 층간 소음을 신경 쓰지 않아도 되니 마음이 너무
편안하다.

봄

향기를 만끽

꽃이 피고 삭막했던 잔디가 푸르러지는 봄이 왔다. 마당에 심은 꽃들이
활짝 웃어주는 계절, 소행우도 봄 향기를 만끽했다. 아이들은 이리저리
새로 핀 꽃들과 식물의 향기를 맡고 좋은 향기에 몸을 부비기도 했다.
아름다운 날씨에 모두가 행복했다. 봄비가 송글송글 내리면 다음날은
유난히 꽃이 흐드러지게 피었다.

여름

마당에 워터파크를 만들었어요

봄은 빠르게 지나가고 매미 소리가 마당에 한가득 울려 퍼진다. 잔디와
풀들이 진한 녹색 내음을 풍기는 8월 여름이 왔다.
무더운 여름이 오고 아이들이 마당에 익숙해질 때쯤 새로운 추억을
만들어주고 싶었다. 평소 물놀이를 좋아하는 소녀지만 매일 수영장을
갈 수는 없기에 마당에 워터파크를 만들어보기로 했다. 사람이 쓰는 큰
풀장과 워터 슬라이드가 포함된 풀장을 해외 직구로 구매하였다.
풀장을 설치하고 물을 채워 넣었다. 눈치 빠른 소녀는 밖에 무언가
신나는 게 있다는 걸 알고 얼른 놀고 싶어서 안달이 나 있는 상태였다.
현관문을 열자마자 아이들은 뛰쳐나와 그대로 물에 풍덩 빠졌다.
신이 나 몇 시간이고 논 아이들은 집에 들어와 하루 종일 잠만 잤다.
아이들이 행복하면 나도 행복하다.

가을

뒷산에 단풍이 물들면

만개한 꽃이 지고 푸르렀던 잔디도 갈색빛이 도는 가을이 왔다.
주택에서의 계절은 한눈에 담을 수 있어서 좋다. 계절이 바뀌어가면서
풍경이 바뀌고 아이들도 각기 다른 계절을 맞이하면서 성장한다.

함박눈을 보고 신난 아이들

가을은 순식간에 지나 추운 겨울이 왔다.

함박눈이 하늘에서 쏟아져 내렸다. 마당이 하얗게 덮이고 소복히 쌓인 눈도 아이들에겐 색다른 장난감이 되었다. 혹시 춥지 않을까 내가 직접 떠준 목도리를 둘러주고 마당으로 나갔다.

소행우는 눈에 자신들의 발자국을 찍어가며 겨울을 만났다. 뒤덮인 눈을 코로 탐색하니 금세 콧등이 하얘졌다. 신나게 눈놀이를 하다 보니 행성이 털에 묻은 눈은 마치 백설기에 콩고물이 묻은 것 같다.

핸드메이드
장인이 떠준 겨울
목도리가 소녀랑
참 잘 어울린다.

눈놀이 하다 보면, 그럴 수 있지

그런데 소녀야
너 뭐 물고
다니니?

몇 날 며칠 걸려 뜬
목도리가 한순간에
장난감으로
변해버렸다.

본인이
뭘 잘못한 건지
모르는 우주.

행성아,
너 목도리
어디 갔니?

나중에 집 입구에서
발견된 행성이의 목도리.
불편해서 벗어던진
모양이다.
그렇구나….
행성이는 착용조차
하지 않고 나갔구나….

사과나무 아래 강아지

울타리 옆 작은
사과나무.

가을이 되자 빨갛게 익었다.

사과나무 아래 강아지가 맛있는
사과를 수확했다.

어떻게 안 건지 소녀도 사과를 딴다.

사과를 압수하려고 하니까 표정이 안 좋다. ←

사과를 뺏긴 후
사과나무 가지에 화풀이하는 소녀.

사과 열매를 따고 깨끗이 씻어서

소행우와
나눠 먹었다.

빵이 덜 구워졌어요. 죄송합니다 손님.

빵이 부분 탔어요. 죄송합니다 손님.

빵이 딱 알맞게 구워졌어요! 맛있게 드세요.

아기 고양이를
잠시 맡게 됐어요

우주가 우리 집에 적응하고 셋이 하루하루 아웅다웅 보낼 때 우주를
구조했던 분의 연락을 받게 되었다. 우주와 마찬가지로 한 고양이를
구조하게 되었는데 입양처를 구하게 도와줄 수 있냐는 물음이었다.
(아무래도 개인 구조자다 보니 끝까지 책임져 줄 입양자를 찾기에 힘든
부분이 있다.) 아이의 이름은 탱고. 강아지와 사람에게 친화적인 아이라고
했다. 마침 우리 집은 2층 구조인지라 소행우와 따로 분리해 고양이를 돌볼
수 있기에 선뜻 아이를 임시보호하여 좋은 입양자를 찾아보겠다고 했다.
그렇게 탱고가 소행성에 잠시 착륙하였다.
탱고는 정말 개냥이라고 할 수 있는 아이였다. 탱고라고 이름을 부르면
대답을 하며 달려오고 강아지들처럼 장난감을 던져주면 물어왔다.
고양이를 키워본 경험이 없던 내 눈에도 특이한 고양이였다.

고양이와 강아지가
처음 만났을 때

탱고는 아직 어린아이라 그런지 강아지를 대하는 데 겁이 없었다.
2층에서 지내게 하였지만 울타리 틈으로 1층으로 내려와 소행우에게
다가가기도 하고 아이들을 물끄러미 바라보았다. 2층에 무언가 있단
걸 알게 된 소녀는 탱고란 이름만 들으면 짖었다. 행성이와 우주는
영문도 모르고 소녀 짖는 소리에 덩달아 따라 짖었다. 그렇게 계속해서
아래층으로 내려오는 탱고를 품에 안고 아이들과 제대로 만나게 해줬다.
소녀랑 우주는 감히 탱고를 쳐다보지 못하고 이 집에서 제일 강한
행성이만 탱고를 쳐다보았다. 그래서 서로 마주치면 다치지 않을까
걱정했는데 큰일은 일어나지 않았다. 다만 소녀의 상태가….

소녀는 처음부터
끝까지 탱고를
쳐다보지 못했다.

소녀, 행성, 우주와 탱고의 관계

첫 만남 이후
우주가 유난히
탱고의 눈치를
봤는데

나중엔 탱고랑
가장 친해졌다.

127

또한 탱고에게
매일 맞기도
했다.

각자의 방식으로
노는 강아지와
고양이.

처음에 행성이는
탱고를 좋아했다.

탱고의 냥펀치
한방에 싫어하게
됐지만 말이다.

이후로 앙숙이 된
탱고와 행성이.
(화분에 있는 탱고를 보고
맹렬하게 짖는 중이다.)

이후 탱고는 좋은 보호자를 찾아
안전하게 입양됐다.
보호자님의 첫채 고양이
'오복이'와 둘이서 매일
꽁냥꽁냥 지낸다고 한다.

행성이 처음 미용하는 날

털이 아무렇게나 자라 있는 행성이. 3살 때까지 미용을 한 번도 해본 적 없던 행성이가 첫 미용에 도전했다! 일반적으로 포메라니안은 물개 컷과 곰돌이 컷을 많이 한다고 하는데, 행성이는 첫 미용이기에 털을 깔끔하게 정리하는 물개 컷을 하기로 했다. 미용이 끝난 행성이를 보고 나는 탄성을 지를 수밖에 없었다.

생각 이상으로 너무나 귀여워서 심장이 아팠다. 행성이는 이 세상에서 가장 귀여운 존재일 것이다. 원장님이 행성이가 미용하는 내내 너무 얌전했다고 칭찬을 했다. 행성이도 자신이 더 이뻐진 줄 아는지 미용실 여기저기 돌아다니며 사람들과 강아지들에게 자신의 모습을 뽐냈다.

신발에 코를 박고 냄새를 맡는다.
마치 산소호흡기마냥 코를 깊숙이
박고 숨을 깊게 내쉬고 들이쉬는
소녀를 보고 있으면
왜 그럴까 싶다가도 그냥 좋은 게
좋은 거지 하고 만다.

소녀의 새로운 취미

리트리버의 어원은 '회수하다'라는 뜻이다. 사냥감을 물고 돌아온다는 어원에 맞게 소녀는 무언가 물어오는 걸 좋아한다. 장난감을 물어오고 장농을 열어 옷가지나 이불을 물어오며 꼬리를 세차게 흔들며 나에게 다가온다. 혼날 걸 알면서도 물어오는 소녀와 혼내면서도 그 귀여운 모습에 웃음이 터지는 나. 그런 소녀에게 새로운 취미가 생겼으니 바로 신발 물어오기다. 장농과 마찬가지로 현관 앞 여닫이문을 열고 신발을 가지고 와 자랑을 한다. 한 짝으로는 성이 안 차는지 두 짝을 맞춰 물고 다니는 모습이 자주 포착된다.

우주의 영업용 미소

늘 같은
장난감으로
다투는 아이들.

행성이
장난감을 자주
뺏던 우주.

우주가 행성이를
괴롭히지 않기
시작했다.

행성이가 장난감을
가지고 놀든 말든
천사같이
웃고 있는 우주.

그러나 엄마가
안 볼 때 행성이
장난감 뺏는 우주.

반려동물과
함께하는 삶

Part

03

강아지와 한 달 반 제주도

켄넬에 들어가 차에 타고 배에 실려 6시간 이동해야 하는 일정.

이렇게 좋은 독채 펜션에서 한 달 반이라니!

아이들과 함께 제주도에서 살아보기로 했다. 애견 독채 펜션을 한 달 반
계약하고 차에 아이들을 태우고 배를 통해 제주도로 향했다. 고흥 녹동
항구에서부터 제주도 펜션까지 6시간이 걸렸다. 그렇게 우여곡절 끝에
도착한 애견 독채 펜션. 펜션도 마당이 있는 곳으로 골랐다.
6시간 동안 이동 켄넬 안에 있다 보니 도착하자마자 아이들은 우다다다
난리가 났다. 자유를 만끽하는 아이들을 두고 짐을 나르다가 문득
돌아보니, 응? 짐을 나르는 동안 무슨 짓을 한 건지 아이들의 온몸이
더러워져 있었다. 회색 양말을 신은 소녀와 행성이.
넉넉한 여행 기간에 천천히 아이들과 제주도를 둘러보고, 바다에서도
놀고, 숙소에서도 마음껏 제주도 생활을 즐겼다.

6시간 만에
자유를 얻은 아이들은
신이 나 뛰어다닌다.

이 녀석,
아주 신나게
놀았나 본데?

대형견 운동장에 놀러 가요

제주도에 있는
대형견 전용 운동장.
(행성이는 소형견이라
오지 못했다.)

친구들과
신나게 노는
소녀.

더운 날씨에 마중
나온 분홍 주걱.
(혓바닥.)

블랙 리트리버가
유난히 소녀를
좋아했다.

집에
도착했더니
행성이가
소녀를
반겨준다.

제주살이

바닷가에 놀러 가요

바다가
아름다운
제주도.

이번엔 소녀를
집에 두고
행성이만 놀러
나왔다.

아름다운 바다를
보는 행성이.

그때
웬 리트리버가
수영을 하기
시작했다.

리트리버에게 가고 싶다고
조르는 행성이. 소녀인 줄
착각하는 걸까? 물에서 나온
리트리버를 귀찮게 졸졸
쫓아다녔다.

154

저 한 번만
봐주세요! 네?

좋아서 어쩔 줄 모르는 행성이.
체격 차이가 있음에도 큰 언니
소녀 덕분에 리트리버를
좋아하는 것 같다.

강아지가 싫다던
아빠 집에 가니

처음 강아지를 키운다 했을 때 아빠는 썩 반기지 않았던 것 같다. 아마
소녀가 대형견이다 보니 나 혼자서 잘 키울 수 있을까 걱정을 하지
않았을까 한다. 아이들을 데리고 여행을 다니다 보면 부모님 집 근처로
여행을 갈 때가 종종 있었다. 그럴 때 전화를 해 소행우와 함께 집에
간다고 하면 늘 싫다는 대답이 돌아왔다.
"너희 집 가보니 사방이 개털이더라." 하지만 막상 가면 아빠는 언제
그랬냐는 듯 미리 강아지 간식까지 집에 사두고 기다리고 계셨다.
아이들과 계속 놀아주고 간식도 내가 평소 주는 양보다 훨씬 많이 주면서
이뻐해주는 아빠다. 싫어하는 척하며 아이들에게 사랑을 쏟는 부모님의
모습과 또 자기들을 이뻐하고 간식을 주니 좋아하는 아이들의 모습이
너무나 귀여웠다.

병원 가는 날

주기적으로 접종이나 아이들의 건강 관리를 위해 병원에 간다.
주기적으로 가다 보니 아이들은 병원 가는 걸 어렴풋이 아는 것 같다.
이제는 익숙한 병원 원장님의 손길도 거부하지 않고 접종도 잘하고
오히려 진찰이 끝난 뒤에는 간식을 달라기도 한다. 병원 가기 전이나
이후에 항상 애견 운동장에 가서 실컷 놀아주니 병원 가는 날도 싫어하지
않게 된 것 같다.

소녀, 행성, 우주의
건강 상태

많은 구독자분들이 사랑을 주는 만큼 소행우의 건강은 어떤지 궁금해
하는 사람도 많이 있을 것 같다. 다행히도 아이들은 지금까지 건강하다.
셋 다 같은 견종의 다른 아이들보다 근육량도 많고 치아도 건강하다.
병원 원장님에게 그런 이야기를 들으면 그간 내가 관리를 못하지
않았구나 싶어 기쁜 마음이 든다.

소녀가 좋아하는
산책 코스

소녀는 영리해서 자기가 좋아하는 것을 확실히 표현하는 편이다. 산책에
있어서도 마찬가지인데 자기만의 코스가 존재한다. 소녀의 산책 루틴은
이렇다.

우선 집 대문을 나와 마을을 지나 산길을 둘러 크게 한 바퀴 도는 코스를
좋아한다. 출발하면 갈림길이 나와도 당연하다는 듯이 평소 다니는
산책길 쪽으로 발걸음을 향한다.

한 바퀴 빙 둘러 집에 돌아왔을 때는 뒷문으로 들어가 자연스럽게 마당을
지나 현관 앞에 멈춘다. 거기 앉아서는 내가 하네스 줄을 풀어주기를
기다린다. 줄을 풀면 집에 들어가 물을 마시고 곧장 자기 집에 들어가
휴식을 취한다.

너무 영리해서 신기할 정도다.

소녀야,
산책 가자!

당연한 듯
앞장서는 소녀.

오동통 행성.

열심히
운동하자!

(160)

오동통 행성,
다이어트가 필요해

어느 날 유독 행성이가 통통해진 걸 느꼈다. 나날이 사랑받다 보니
사랑이 찐 걸까?
평소엔 털 때문에 모르지만 목욕을 시킬 때 털이 다 젖으면 알 수 있다.
몸통을 보니 확실히 오동통해진 행성이. 그 모습도 귀엽지만 다이어트의
필요를 느꼈다. 행성이의 경우 0.3kg만 늘어도 몸무게의 10%가 증량된
것이기 때문에 관리에 신경을 써줘야 한다.
소형견들은 몸집이 작고 관절이 약하므로 더 예민하다. 식사량은
유지하되 간식을 조금 줄이고 산책을 더 늘린 결과 금방 건강한 몸무게로
돌아왔다. 아이들 몸무게를 관리하면서 추가로 내 몸무게도 관리가 된다.

행성이
간식.

행성이의 다이어트 비법
(feat. 분쇄기 소녀)

개껌
분쇄기에게
맡기면

적당한
크기로
잘라준다.

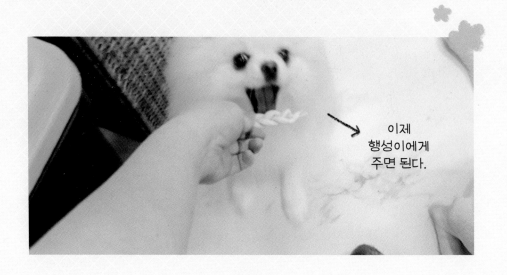

이제
행성이에게
주면 된다.

볼풀장이 정말 좋아

마당에
볼풀장을
설치해주었다.

볼풀장을 향해
그대로 점프!

행복한
아이들의 미소.

애들이 매우 좋아해서
집안에도 미니 볼풀장을
설치해줬다.

부작용 :
미니 볼풀장에서
당최 나올 생각을
하지 않는다.

집에서도 부지런히
건강 관리

주기적으로 병원에 가서 진찰을 받는 건강 관리도 하지만 집에서도 신경
써줘야 한다. 평소 행동하는 모습을 살피며 무언가 이상이 있지는 않은지
매일같이 살핀다. 또 항문낭 짜주기, 발톱 깎아주기, 치아 관리, 털 관리
등 할 일이 많다.

항문낭은 원래 영역 표시를 위해 사용되던 액체 주머니다. 배변을 하고
활동하면서 나오기도 하지만, 쌓이게 되면 염증을 일으킬 수 있어
주기적으로 짜주는 게 좋다. 발톱 또한 오래 방치하면 걸을 때 불편하고
갈고리 형으로 자라기 때문에 피부가 다치지 않게 잘라줘야 한다. 강아지
발톱 안에는 혈관이 있어 분홍색으로 보이는 부분을 조심해서 잘라주면
된다. 치아도 치석이 생길 수 있으므로 주기적으로 안쪽 구석구석 관리를
해주면 건강한 치아를 오랫동안 유지할 수 있다.

마지막으로 털이 많이 빠지는 우리 아이들에겐 필수인 털 빗기를 자주
해준다. 털은 계속 자라기에 꾸준히 털을 빗어줘야 건강한 털이 자라니
늘 신경 써줘야 한다. 아이처럼 키워야 하는 반려동물에게는 많은 관리가
필요하다.

다 같이 여행 가는 날

여행 가는 날은 짐이 산더미이다. 아이들 간식, 사료, 배변 패드, 배변
봉투, 하네스, 긴 리드 줄과 짧은 리드 줄, 켄넬 등 사람은 혼자인데 차에
짐을 잔뜩 싣는다. 소행우 셋을 데리고 다니다 보니 내 짐은 캐리어 하나
뿐인데 나머지는 다 아이들 짐이다.

강아지들과 여행을 다니다 보면 짐도 짐이지만 신경 쓸 것도 많다.
아이들을 데리고 다니다 보면 강아지를 싫어하는 사람도 있기 때문에
걸어 다닐 땐 짧은 리드 줄로 변경하고 다닌다. 아이들이 사람을
싫어한다면 리드 줄이나 하네스에 '만지지 말아주세요' 등 매너 태그를
다는 것도 좋은 방법이다. 또 아이들을 보고 흠칫하는 사람들도 있기에
지나갈 때 먼저 양해를 구하는 것도 좋다.

맘껏 뛰놀 수 있는 운동장. ←

좋아하는 여행지

여행을 가게 되면 무조건 아이들의 편의를 우선으로 여행지를 고르는
편이다. 숙소는 물론 근처에 아이들이 편히 놀 수 있는 시설들과
관광지를 검색한다. 소행우가 셋이다 보니 셋이 편하게 쉴 수 있는
마당이 있는 독채 펜션을 선호한다.
독채 펜션이 아니더라도 대형견 소녀가 있다 보니 강아지 펜션만을 찾게
된다는 것이 제한적일 수도 있지만 거기서 편히 뛰어놀고 안심하며
아이들과 있을 수 있어서 오히려 좋다.
숙소에서도 충분히 놀 수 있지만 친구들을 만날 수 있는 애견 운동장과
카페 등도 한 번씩 가보는 편이다. 이 외에도 목줄을 하고 다니더라도
인적이 다소 적고 애완동물이 함께 입장할 수 있으며 산책 시킬 수 있는
관광지에 들러 아이들과 사진도 찍고 추억을 남긴다. 여행을 할 때는
편하게 먹기 위해서 맛집에서 먹기보다는 포장을 해 숙소로 돌아와서
먹는 편이다.

슈퍼스타,
소녀의 행성

'소녀의 행성'에서는 내 얼굴이 나오지 않지만 알아보는 사람들이
많다. 소녀, 행성이, 우주가 함께 다니다 보면 아무래도 눈치채기 쉽다.
또 행동하는 모습들을 보며 알아보는 사람도 있다. 애견 운동장에서
수영장에 하루 종일 있는 소녀, 주위를 총총 다니며 사람들에게
애교 부리는 행성이, 하루 종일 신나게 뛰는 우주의 모습은 다른
애견인들에게도 특이하게 보이는 것 같다.
신나게 아이들과 놀고 있으면 조용히 다가와 "혹시 아이들 이름이
뭐예요?"라고 묻는 사람들이 많다. 아이들의 이름을 말하면 "소녀의
행성 맞죠?" 하며 반가워한다. 평소에 아이들과 지낼 때는 내가
유튜버로서 어느 정도 인지도가 있는지 모르다가 운동장에서 인사를
받을 때 '아, 많은 분들이 봐주시는구나' 하고 생각한다. 먼저 다가와
반가움을 표시하는 분들도 있고 멀리서 지켜보다가 나중에 댓글 또는
SNS를 통해 아이들을 직접 봐서 너무 반가웠다고 후기를 전하는 수줍은
구독자도 많다. 아이들을 이뻐해주고 알아봐주는 분들에게 감사한
마음과 더불어 아이들과 행복한 모습을 더 많이 보여줘야겠다는 마음이
든다.

이래도
전원주택에 사시겠습니까

아이들을 위해 마당이 있는 전원주택에 산 지 3년이 지났다. 많은
사람들이 소행우의 뛰노는 모습을 보고 전원주택의 삶을 부러워하는
댓글을 남긴다. 하지만 좋은 부분도 있는 반면 그만큼 희생해야 할
부분들이 있다. 잔디가 있는 마당이므로 주기적으로 잔디를 깎아줘야
하고 혹여 아이들이 진드기나 다른 벌레에 물리거나 다치지 않게
해충약도 뿌려줘야 한다.

해충약은 아이들에게 무해한 약으로 뿌리지만 혹시 모르니 하루 이틀 마당을 못 나가게 한다. 다세대 주택에서는 신경 안 써도 되는 부분들을 하나하나 신경 써야 한다.

이번 겨울에는 마당에 빙판이 생겼다. 처음엔 하수도에서 물이 넘쳐서 생긴 줄 알았지만 알고 보니 마당에 묻힌 수도 부분이 터져서 물이 계속 샌 것이었다. 급하게 수도를 잠그고 업체를 불렀는데 견적 250만 원이 나왔다. 아빠가 관련 일을 하시는지라 연락을 해보았더니 일반적인 금액은 아니고 겨울에 급하게 수도 문제가 발생하는 집이 많으니 가격을 높게 부른 것 같다고 하셨다.

업체에게 양해를 구해 정중히 거절하고 결국 아빠가 올라와서 고쳐 주셨다. 수도세는 약 50만 원이 나왔는데 다행히 이런 예기치 못한 상황에 대해 소명을 해서 감면을 받았다.

겨울에는 난방비가 많이 나오고 신경 쓸 것이 많다. 겉으로 보이는 안락하고 쾌적해 보이는 주택의 삶은 실제로 살다 보면 힘이 들어 다시 다세대 주택으로 이사 가는 사람도 있을 정도이니 전원주택의 삶을 꿈꾼다면 미리 공부하는 것을 추천한다.

주인이 슬퍼할 때
위로해주는 강아지

기분이 울적한 날에 가만히 누워 있거나 앉아서 쉬다 보면 아이들이
하나둘씩 와서 내 곁에 모인다. 소녀는 애교를 피우지는 않지만 곁에
엉덩이를 붙이고 가만히 있는 것만으로도 위로가 된다. 금방 다시 자기
집으로 돌아가긴 하지만 대형견 특유의 듬직함이 있다. 행성이는 아무 말
없이 곁에 붙어서 벌러덩 배를 내민다. 우주는 내 품에 파고들어 애교를
부린다. 각자 자기만의 방식으로 나를 위로해주는 모습에 감동을 받을
때가 많다. 물론 위로를 해주지 않아도 그저 존재만으로 나의 울적함을
달래주지만 말이다.

함께 나이 들기

소녀가 어느덧 5살이 되었다. 말썽꾸러기 소녀가 나이가 드니 예전만큼
사고를 치지 않고 얌전해진 기분이다. 나 또한 '소녀의 행성' 유튜브를
운영한 지 어느덧 5년이 지난 게 신기하다.

글을 쓰면서 그간 있었던 일들을 하나하나 되짚어 보니 함께 시간을
보내는 동안 많은 일들이 있었단 걸 실감한다. 작은 주머니에 쏙
들어가던 행성이도 자기 나름대로 무럭무럭 자랐고 어린 나이에 우리
집으로 착륙한 우주도 지금은 튼튼한 뒷다리 근육을 가진 성견이 되었다.
모두 시간이 지나면서 자연스럽게 생긴 변화다.

앞으로도 많은 일들을 함께 겪고 시간을 보내면서 건강하게 나이를
먹어갔으면 좋겠다.

부모 마음이 이런 걸까

소행우와 함께하면서 든 생각은 내가 이 아이들의 부모라는 것이다.
내가 아니더라도 반려동물을 키우시는 사람은 모두 같은 마음일 거라
생각한다. 어디 조금이라도 불편해 보이거나 아프면 걱정이 산더미처럼
커지고 얼른 병원에 가서 진찰을 받게 된다. 조금이라도 더 좋은 것을
해주고 싶고 좋은 걸 먹여주고 싶다. 새근새근 아이의 자는 모습을
조용히 지켜보기도 하고 운동장에서 다른 아이들과 뛰노는 모습을 보며
흐뭇해하기도 한다. 정말 부모 마음으로 내가 아이들 대신 아팠으면
하는 마음도 들고 함께 어디론가 여행을 떠나 더 많은 추억을 쌓고 싶다.
또 친구들을 만날 때면 자연스럽게 소행우 아이들 이야기를 하게 되고
아이들의 귀여운 모습을 공유하고 자랑하고 싶어진다.

옆에 있어줘서 고마워

당연히 일상이 된 소행우이지만 문득 이 아이들의 존재가 너무 고마울 때가 있다. 이제는 아이들이 없는 나를 생각할 수 없을 정도다. 컴퓨터를 하다가도 책상 아래에 자리를 잡고 누워 쉬고 있는 아이들을 보면 사랑스럽다. 나만을 바라보는 아이들. 조용히 다가가서 아이들의 꼬순내를 맡고 이뻐해주면 자연스럽게 내 마음이 치유되는 기분이다. 당연하게 내 곁에 머물러주는 아이들은 내 삶의 큰 선물이다.

소소하지만
확실한 행복

일상에 늘 특별한 일이 벌어질 순 없지만 늘 행복한 일이 소소하게
생기기 마련이다. 소행우와 마당에서 놀고 과일 같은 간식을 나눠
먹는다. 노곤노곤해질 때면 함께 편히 쉬며 지금 이 행복을 즐긴다.

강아지 위주로 바뀐 삶

아이들을 위해 아파트에서 주택으로 이사온 것처럼 아이들을 위해 변한
부분이 꽤 있다. 집안 바닥 전체에 아이들의 관절을 위한 미끄러지지
않는 매트를 깔고 높이가 있는 침대에는 전용 계단을 설치했다.
이 외에도 평소 외출을 했다가 애완동물 용품점이나 간식을 파는 곳을
지나면 자연스럽게 들어가서 아이들이 좋아할 만한 것을 고르게 된다.
여행을 가더라도 내가 편한 곳 대신 아이들이 더 편하게 있을 수 있는
곳과 관광지를 가게 된다. 아이들이 조금이라도 더 편한 것이 어느새
내가 편한 것이 되어버렸다. 고르고 골라 좋은 곳을 가게 되면 즐겁게
노는 아이들을 보며 나도 행복하기에 아이들 위주로 삶이 바뀐 것에
아무런 불편함이 없다.

평생을
함께한다는 것

반려견과 평생을 함께한다는 것에는 큰 책임이 따른다. 지금처럼
아프지 않게 계속 지내면 좋겠지만 그렇지 않을 상황도 대비해야 한다.
건강할 때 미리 검진을 받고 내 삶을 아이들 위주로 바꾼 것도 아이들의
엄마로서의 책임감이다.
언제까지고 건강하고 행복한 나날들을 선물하기 위한 마음가짐을 늘
한 켠에 새겨두어야 한다.

강아지와 눈을 맞추기

나를 빤히 바라보는 아이들의 눈망울에는 많은 말이 담겨져 있는 것
같다. 나를 얼만큼 사랑하는지 무엇을 원하는지 많은 것들을 이야기
한다. 아이를 키울 때 눈을 맞추고 함께하는 것처럼 반려동물도
마찬가지로 눈을 맞추고 마음을 읽어야 한다.

나와 눈을 맞출 때면 아이들은
웃고 있다. 강아지에게도 표정이
이렇게 다채롭다는 것이 놀랍다.
온전히 나를 믿고, 나를 사랑해주는
아이들. 이 웃음이 영원히 사라지지
않게 지켜주고 싶다.

강아지를 향한
최소한의 예의

앞서 말했듯이 강아지를 키우기 위해선 큰 책임이 따른다. 작게는
주기적으로 건강검진과 예방 접종을 받아야 한다. 더 나아가선 한
생명의 평생을 책임져야 하는 것이다. 출퇴근으로 인해 아이들과 함께
하는 시간이 적어질 수밖에 없는 직장인이더라도 삶의 많은 시간을
할애해야 한다.

아이들에겐 주인이 전부이니까 당연히 그만큼 시간을 내는 것은
당연하다고 생각한다. 아이들이 낯선 사람에게 경계를 심하게 하는 등
행동 교정이 필요할 경우 주인이 책임을 지고 교정을 하며 아이들을
교육시켜야 한다. 아프다면 시간은 물론 경제적인 책임도 주인의 몫이다.
아이들과 함께하고 싶다면 많은 것을 공부해야 하고 신중의 신중을
기해야 한다. 항상 영상 끝에 반려동물 입양 시 신중히 생각해달라는
말을 하는 이유도 미래의 반려인과 반려견을 위한 조언이다.

읽어주셔서 감사합니다.

소녀의 행성,
아늑한 우주 정거장

1판 1쇄 발행 2022년 8월 12일
1판 2쇄 발행 2022년 9월 7일

지은이 밤하느리

펴낸이 이필성
사업리드 김경림 | **책임편집** 한지원
기획개발 김영주, 서동선, 신주원, 송현정 | **영업마케팅** 오하나, 유영은
디자인 렐리시 | **편집** 정인경
크리에이터 담당 문준웅, 김민지

펴낸곳 (주)샌드박스네트워크 샌드박스스토리
등록 2019년 9월 24일 제2021-000012호
주소 서울특별시 용산구 서빙고로 17, 30층(한강로3가)
홈페이지 www.sandbox.co.kr
메일 sandboxstory@sandbox.co.kr
전화 02-6324-2292

ⓒ 밤하느리, 2022
ISBN 979-11-978538-7-6 03810